Pavor en el país natal

José Alejandro Peña

Colección Géiser

Poesía

www.almava.net

editores@almava.net

José Alejandro Peña nació en 1964. Emigró a los Estados Unidos en 1995, donde funda y dirige Ediciones El Salvaje Refinado y Obsidiana Press. Graduado con una licenciatura en Ciencias Políticas y Estudios Internacionales en West Virginia State University.

En 1986 obtuvo el Premio Nacional de Poesía con su libro *El soñado desquite*.

Libros publicados:

Iniciación Final (1984), *El soñado desquite* (1986), *Pasar de sombra* (1989), *Estoy frente a ti, niña terrible* (1994), *Blasfemias de la flauta* (1999), *Mañana, el paraíso* (2001), *El fantasma de Broadway Street y otros poemas* (2002), *La vigilia de todas las islas* (2003), *Suicidio en el país de las magnolias* (2008), *Trampantojo* (2016), *El caballo de Atila* (2021). *Cóctel para sonámbulos* (2021), *Dejad hablar al viento* (2021), *Esperpéntico antiarcangélico y sexualísimo* (2021), *Pavor en el país natal* (2021).

Pavor en el país natal

José Alejandro Peña

Colección Géiser

Poesía

www.almava.net

editores@almava.net

Pavor en el país natal

Primera edición

ISBN 978-1-945846-19-9

C o l e c c i ó n G é i s e r

P o e s í a

www.almava.net

editores@almava.net

Antifrecuencia

Sin otra despedida que mi ausencia

Se me ha metido el ojo izquierdo
en una blanquecina viga acústica
tan momentáneamente ay
que estoy que no me aguanto
la clavícula.

Solo pienso en ir
de blanco a blanco
hasta desaparecer.

Irme como una brisa
que siempre estuvo
ausente

irme solamente
de mí mismo
y quedarme
entre los otros

como un mosquito arduo
    tácito
    meditabundo
    sempiterno
    y antibalas.

Inescalable

Las golondrinas
vendan los ojos
de los presos
con velludas o arcaicas
madréporas de vidrio

desdibujan adrede
y desde adentro
el blanco cielo de Berlín
inescalable.

Lluvias venideras

Cubren con fulgores y piedras
los días recién cortados
los días puestos a prueba
por el vigor o la sospecha.

La noche no avanza
ni se queda en su propio
laberinto.

Es un pólipo
un frasco vacío
con un pólipo
cuyo pálido esfumado
y perseguido cielo
no teme a las cigarras blondas
ni a los arcángeles sin alas
ni a las alas dobladas de los perros.

Los hombres en verano
intercambian lluvias venideras
por peces de cloacas.

Se oyen pasos allá arriba

Ya no se oyen
las pisadas del sol
cuando camina
a solas
por los bulevares
y las plazas

procurando asesinar
veinte palomas
con suspiros engendrados
bajo el agua.

Ya no se oye girar
al girasol
y es por eso
que mis ansias son
volátiles.

Cielorraso

El techo de lona
está tan alto
que ya es otro cielo
con ángeles sin brazos

entre los mentalistas
un bardo ocasional
intenta un vuelo

arrastrando la tierra
hacia abajo

vuelve a intentarlo
nuevamente
cada vez que se oye
una música insana

pobre insensato
que mastica tecla a techa
su acordeón.

Para cruzar nadando el río Ozama

Estoy rojo de tanto respirar
palomas muertas

rojo y sin amigos
que me dejen un poema

uno solo
inolvidable

para cruzar nadando
el río Ozama
dibujando la silueta
de una niña extravagante

ella forra al hipocampo
con nostálgicos febrífugos
preparados en un sótano
freudeano

fabrica grageas explosivas
masticando uno a uno
los dientes de un murciélago.

Obelisco y levedad

Son más numerosos
los instintos de miedo
que separan obelisco
y levedad.

Son más férreos los cristales
y las ubres que entretejen
virutas de hojalata y bermellón.

Los sastres y las viudas
lengüilargos
revuelven ladrillos
con ungüento
robándole un pulmón
a cada piedra.

Paranoia

Los miedos se distinguen
por el olor a vino
de un tirano alicaído
que fuma dedos blondos
y acaricia con los nudos
de los árboles talados
a un felino atrapado
en cada ojo.

Evasión

Son más numerosos
los cajones de las balas
que todos los difuntos
que se paran a mirar

cómo se enciende
desde adentro
una escalera
sin los biombos y las gafas
protectores.

Uno a veces se percata
de los caos intencionales.

Hay un cristito
huérfano de padre
aplastando con el pie
las narices de los niños
al nacer.

Secuencia

En mi país un huevo cuesta
una docena de caballos
los relinchos se venden
los domingos
a mitad de precio.

Una guitarra cuesta
una garganta estremecida.

Un par de dedos
ya no cuestan un sermón
o una manzana.

El sol es un suicida:
se avienta pecho abierto
por doquier.

Monólogo

Las paredes disfrazadas de conejo
reproducen la modorra
que va a clonar mi sombra.

En mi país se vive del asombro
y de la náusea.

Dime tú
erial de cada letra
¿por qué no sangra más
la dócil pupila del conejo?

Las grullas

Hoy parece que es mañana
por lo dócil que son las avecillas
con sus cantos retorcidos
que dan miedo.

Las infantas presumidas
aprenden a besar escalofríos
escuchando solo a nadie.

Subidas en el viento
son más altas que los pinos

y es que el viento
iguala el sueño
de una pitonisa
alicaída.

El viento nos vigila y acorrala
suaviza poco a poco la piel
del elefante
mientras revolotean
locas grullas asustadas
y los perros alteran
el color de la mañana
con aullidos monótonos
y largos.

De cómo los alcotanes alteran el curso de los ríos

Los viejos alcotanes
enseñan a los nuevos
a fabricar lechuga
y arrecifes.

Alteran el curso
de los ríos
mascando esteras
de malibú

pulen con tiras
de lapislázuli
los ojos de las
vacas cautelosas

mas la noche
es caprichosa
y decidida
a confrontar
el miedo con cogote
de avellana.

Paranoia sobre una alfombra roja

No sé por qué de noche
me tiene miedo
mucho miedo
mi corbata roja.

No sé por qué de noche
me dan miedo las cucharas
que se doblan solas.

No sé si es por falta de costumbre
o si es por exceso de salitre
en los baúles de madera muerta.

No sé por qué me asusta tanto
mi corbata roja
cuando toco el viejo
piano de papá.

El día apenas me alcanza
para leer tranquilamente
a Nietzsche.

Solo sé
pequeña sombra mía
que se evapora mi saliva
cuando escucho
mis pisadas silenciosas
o cuando escupo sangre
sobre una alfombra roja.

Los degollados

Comienza a sucumbir la tarde sola
agria y gris como un espejo inanimado
dispuesto a negar cada detalle.

La lluvia hace más largo este camino
que lleva a mil parajes inconclusos
donde se vende el corazón
por dos mosquitos miopes.

Detrás del sol de la mampara
alguien está rompiendo
un papelito hermético
con letras ilegibles
como un eco.

Andan sin ver el sitio de la noche
los díscolos muchachos degollados
con amorfos cuchillos de obsidiana.

Es de color mostaza
el pavimento rosa
o es de color rosa
el temblor amarillo
de las hojas sin pulso.

No sé por qué razón
la sinrazón azota
al torbellino.

Es como si un demonio
demasiado astuto
se metiera
en los asuntos
de los hombres bárbaros
desuniendo las amarras
de las almadías

o trocando un aljibe
en quimérico volcán.

Los desolladores disconformes

Desuellan las paredes
en busca de una mosca
perdida en un florero.

Desuellan un florero
para encontrar
exangüe un colibrí

un colibrí irreflexivo
perplejo como un buzo
llenito de alcanfor.

El verdugo y su mujer

Anda reposado como
un señor decente
que aspira a ser feliz
vendiendo sombras
en estuches dorados.

Su mujer está indecisa
como un ánade sin brillo
casi ciega por los búhos
que no saben entonar

Se ha sofocado ya
de tanto andar
ebria como un
candado abierto

y petiseca
petulante
desdeñosa
como un sésamo.

El verdugo la sujeta
con ambas manos
para poder cruzar
de un salto
el charquito de sangre
en el camino.

Elegía con sonómetro

Desato mis zapatos
para ver qué chincheta
lastima intensamente
mi sordera.

Debajo del zapato
hay todo un universo
inesperado.

Hay un sonómetro de palma
para dar movimiento
a los cadáveres que boyan
sobre el río

movimiento auditivo
en forma de bisagra.

Algunas pertenencias importantes

Tengo entre otros acertijos
cicatrices demasiado oscuras
amuletos despiadados que fingen
ser mi sombra
un gallo sin espuelas
un caballo con mil ojos
una mosca embalsamada
con microscópico
intercambio
de luces anodinas
una señal mandada hacer
a la medida de una selva
donde duermen los tiranos
con Medusa.

Tengo además catorce gatos
sin piernas y sin cuerpos
temerosos de moverse

y una perrita depilada
que adora verse así
letal como un pañuelo blanco

toda ella un ovillo
ladrando a los fantasmas
que andan por ahí
cambiando de lugar
las mecedoras.

El héroe descontento

Me dieron un florero
demasiado hirsuto
con relieves de palomas
que se vuelan si presienten
la avidez con que me afirmo
entre luces muy opacas
que contrastan con mis sienes.

Supe que algo muy abrupto pasaría
así que me fui lejos
a medir suerte con la luna.

Heme aquí ahora
rodeado por el pedernal
sucio por dentro como
los lacayos
con una gallina miserable
sobre mi hombro izquierdo
en vez de un águila suntuosa.

Ya no logro serenarme
ni con mantras ni con
nada
me dan ganas de borrar
esta ciudad
de un solo grito.

Enigmáticas o aleves

A las casas que se inclinan
como torres en el viento
las envuelve poco a poco
la humedad

cierta parálisis craneal
hace que se encojan
de los hombros
las lucernas abolladas
que interrogan las ventanas
enigmáticas

enigmáticas o aleves
como el eco de la brisa
en las pupilas.

Antídoto

Alta frecuencia

Las altas cimas del poema
nos mantienen oscilando
de un extremo a otro
de la página plagada
de presagios.

Las muecas son
los ecos de una voz
desfigurada

una voz dejada apenas
como adorno similar
a los oráculos silentes
o como esperma disecado
o como abrojo.

Las altas cimas del poema
son la causa que lo arruina
las palabras son las cosas
que señalan

o tal vez son el silencio
y su bosquejo
las vueltas que da el trompo
en la palma de mi mano.

El ruiseñor

Anda frecuentando
mi armadura un devaneo
o más precisamente el viso
de una luz alicaída.

El ruiseñor —pequeño dios
de la armonía— solemnísimo
transforma en vértigo
o en lumbre de ventana
aquello que se escucha
en otro sitio
y que es apenas alcanzable
con la vista.

Antídoto

El cielo se tornó tan oscuro
y desde entonces
ya no canta el ruiseñor.

Las piedras sustituyen a los gallos
y los gallos taciturnos
a los montes esparcidos.

Ya no ladran más los perros
ni cambia de camisa
el cielo almidonado
con estériles navajas de aluvión.

Los monos se suicidan
con perchas para andróginos
corren las jirafas por el cielo
mascando perezosos querubines.

Nada se oye alrededor del cielo
excepto un griterío demasiado agudo
de barcos con mielitis.

Pesadillas horrendas
acaparan los pasos de los hombres
las mujeres no saben el destino del aire
pero igual respiran un mercurio
sin nombre que las hace crecer
hasta topar las nubes
y comerlas crudas como antídoto.

Las nubes cuelgan de un balcón
de plumas verdes
doblando una matriz de niña virgen
con una estrella a punto de apagarse.

Por un broche de cristal o una manzana

Los que ayer fueron mis amigos
y hoy me desconocen
están arriba muy arriba
más arriba de aquel árbol
incestuoso

ascendiendo
o empinando el esqueleto
para verse todavía más altos

están altos
ay tan altos
y tan altos
que mirarlos
ascender con tanta prisa
parece desquiciada egolatría

mas yo que ni siquiera
me acoplo a mi persona
estoy abajo
muy abajo
demasiado abajo
entre la turba gris
y miserable

escuchando latir mi corazón
sin perturbar la luz que nos
da su dignidad y ciencia
sin obstruir el paso de las aguas

más profundas
con un inmenso amor descuartizado
porque es amor salvaje y anodino
por un broche de cristal
o una manzana.

P a v o r   e n   e l   p a í s   n a t a l

L
a
s
r o
j a s
h o r m i
g a s
n o
s a
b e n
n
a
d
a
r
s o n   i n f l e x i b l e s
y p
e s
a n
m
á
s
q u e
e l
a g u
a

L
a s
a g u a s
d e l o s
r í o s

v

e

r

t i c a -
l e s

s e i n y

e c t a n

a l o s p e c e
s q u e j u
m b r o s o
s

P a v o r   e n   e l   p a í s   n a t a l

U

n   a

e   c   u   á

n   i   m   e

t   i

j   e

r   a

p   l   ú

m   b   i   c   a

r   e   s   u   c

i   t   a

u   n   a

g   o   t   a

d   e

s   a   n

G

r   e

L a
l l u
v i a
e s
l a
n o v i a
h í
b r i
d a
d e l
f
u
e
g
o

e l
f u e
g
o
a n d a
s i e m -
p r e
d e
r o d i -
l l a s

e s
u n
e s
c a
r a
b a j
o
p e t u
l a n
t e

Endeble

Son distintos el camino
mi alegría superpuesta
mi embriaguez tornasolada
mi sombrero desfondado
por el peso de la luz.

Son distintos los caballos
y la lluvia
el acordeón tan familiar
obtuso y breve
las lozanas uvas en la mesa
y el rostro suave y dulce
de mi madre
contrastando con los vidrios
del jarrón
que se ha caído.

Son distintos los espejos
y el mar que no se borra
de la mancha que me deja
la guitarra en la camisa

distintos entre sí
como una puerta
que derrama a pulso roto
la endeble luz tan blanca
del blanco candelabro.

Un árbol tan frondoso y amarillo

El dios que vive en mí
de puro barro anochecido
me dice "sé paciente y amable
con los árboles

porque en algún momento
tú serás un árbol
o una hoja

un árbol estupendo
y milagroso
un árbol tan frondoso
y amarillo como el
torso radiofónico
de una estalactita."

El dios que vive en mí
sin piel y sin pesares
es más inofensivo
que un escarabajo
en otra vida.

Cíclope

Me doy contra el espejo
que suma transparencia
al río sosegado.

Se oyen voces cristalinas
de muchachas
que juegan
en el bosque
con espejos y magnolias.

Un espejo cae
se rompe la unidad
de lo absoluto:

lo que emana
del espejo
es un ojo enorme
sin pupila.

Sobre la cuerda floja

El camino
por donde voy pasando
a solas

me persigue
me persigue
me persigue.

Corro y me alejo
dejando todo atrás.

Los cuervos croan
a cada paso mío
sus ojos dos húmedas
piedritas quejumbrosas
hechizan
un abismo
intercalado.

Estigma

Me alejo de mí mismo
por un camino nuevo
que da a ninguna parte

tal vez porque predice
memorias enemigas
cicatrices oscuras
y profundas

o tal vez porque hay
aquí
entre mis manos
sonámbulas semillas
de manzana
lápices sin puntas
y hormiguitas cóncavas
que borran cada nube
y cada trueno
como se borra
una ciudad
cerrando con brasas
ambos ojos.

Lugares visitados

Hay cierto olor a herrumbre
que viene de la escarpa
empujado por una brisa
endeble y maltratada

hay voces apartadas
inauditas
que a veces se confunden
con la entelequia bárbara
de un Goethe

hay cuerpos que se esfuman
como sombra
lugares visitados
tan sólo por los buitres
y las plagas.

Víctima de lo efímero

A tientas voy buscando mi rostro
verdadero en un espejo falso
y a cada paso siento que me pierdo
por los laberintos de mi propia mano
he descendido al último escalón
con los labios resecos
y los pies reventados

victima de lo efímero
desviado de mi centro
escucho ese color
tan afanoso
y tan certero
que habla del pavor
con evasivas.

Náusea

Sueño que adentro de mi boca
en lo más viscoso y negro
residuos de comida
se acumulan.
Son ánimas de reses
olvidadas que quieren
sofocarme con mugidos
tan ambiguos como el mar.
Prontamente me adelgazo
para poder pasar
como una brisa fresca
por entre los discos
de mi propia náusea.

Persecución

Me persiguen
por entre los árboles
del bosque
y también cuando camino
entre la gente en la ciudad
a veces cuando nieva
oigo pasos de seres
insistentes
cuyos cuerpos se deforman
con tal de dar alcance
a lo que huye
a lo que nadie puede asir
sin que un demonio etéreo
le devuelva cada golpe
y cada exceso.

Ellos

Forzaron el portón de hierro
que forjó mi padre
brincaron la alambrada
rompieron las ventanas
de vidrio de la casa
voltearon mis papeles
y dieron con la clave
de un verso entrecortado
patearon las gallinas
destrozaron el césped
mataron a Tucídedes mi gato
me golpearon la cara
me rompieron los dientes
y luego quemaron la casita
que era de mis padres
me dejaron sin nada
huérfano
          y enfermo.

La muerte de heliogábalo

Dicen que fue muerto
esta mañana
por la rala bengala
de una mica
por una grieta
de las tablas del salón
o por un hueco perdido
en la pared.
Dicen que fue el sol
que lo cubrió de abejas
o de pulpos
aunque los pulpos
las abejas y los gatos
protegen la cabeza
el estómago está siempre
a merced de un tiroriro.

Antes de morir
ahogado en un espejo
soñó que su cabeza
estaba separada
de su cuerpo
y que una plaga
de mosquitos
acabaría con toda
la ciudad.

Pero despertó
adentro de una caja

de alabastro
flotando sobre el mar.

Tenía un aspecto horrible
como si hubiera
estado mucho tiempo
bajo tierra
quemado por el sol
acribillado por la arena
que orienta el vendaval.

Estigma

Me alejo de mí mismo
por un camino nuevo
que da al mar

el mar
único dios
de la embriaguez
y la locura

tal vez porque predice
memorias enemigas
cicatrices oscuras
y profundas

o tal vez porque hay
aquí
entre mis manos
sonámbulas semillas
de manzana
lápices sin puntas
y hormigas traicionadas
por cóncavas hojuelas de maíz

las hormigas no la lluvia
borran cada nube
y cada trueno
como se borra una ciudad
cerrando con brasas
ambos ojos.

Las urracas

Las urracas tienen
sus propios quásares
pegados a las plumas

no necesitan de la luz
para restituir la variedad
del límite que suelen
predecir y anular.

Crean la noche
en su interior
con la punta de una
estalagmita

solamente el olor
de la selva
las desarma
como a un hermoso piano
sin sonido.

Los cuásares

Son parejos alfileres
los nudillos del agua

el agua que nos llama
desde el fondo con una
voz cuarteada
por el viento.

Son parejos
los sitios conocidos
las almohadas
y los coches abollados.

Son iguales a una pluma
de cernícalo
las mariposas y los cuásares
que arrastran mi camisa
semi abierta
por el bosque de pino
anochecido.

Uñas cortadas

Frenesí

Abro de par en par
mi propia cajetilla
de relámpagos
pero el frío acaba
con los árboles
deteriora las casas
y las deja
en su ajimez.

Uno entonces
empieza a dar razones
por si llueve
por si se apoza el agua
en los colchones
por si adentro de un minuto
otro minuto se deshace.

Algo así
tan radical
como esta lámpara
algo inverosímil
pero intenso
aturde
se va agrandando más
se va perdiendo.

Es un amor sutil
lleno de ronchas
erguido como

el fuego de una pipa

contiene frenesí
denuedo sin cinismo
desasosiego
tan veraz
que acaba repartido
entre dos pánicos

uno parecido
a una llovizna
fría y perniciosa
y el otro parecido
a una inmensa
claridad salvaje.

Las palabras de un Goethe

Un pequeño dios
llamado Goethe
se pensó dueño
de una maquinaria
súper hipotética
a través de la cual
todo objeto singular
podía ser peligroso
para los visitantes
de otros planetas.

Me dijo con cierto afán
metódico
callado:
tira esos poemas agridulces
a un lado
y ponte a escribir hipótesis
menos realistas
como las que aparecen
en los periódicos
y en el fondo de las tazas
de café duplicado.

La poesía solamente
puede ser escrita
por hombres inteligentes
aunque la inteligencia
es asunto más o menos
geográfico.

Escucha el secreto mugido
de las nubes preñadas de sol.

La poesía no sirve
para levantar un edificio
o hacer de un hombre miserable
un hombre más feliz.

Aunque Homero
nunca pudo salir
de endecasílabos
y casos de terror

su mente era serena
como el fuego
y su pulso estaba
correcto.

Como un soldado hebreo

Las flores se parecen
a los dinosaurios
de un hospital de *Afton*
en algo que más que nada
y a todo nivel
recuerda la discusión
anterior con mi madre.

Mi madre
que es redonda como
el eco de una lámpara

me ha dicho que las flores
y los dinosaurios
engendraron la cabeza de Dios

pero yo imagino a Dios
descabezado meditabundo
y solo
como un soldado hebreo
o como un robustecido
tulipán sin pétalos.

Las pantuflas los duendes y las flores

Las flores
los duendes
las pantuflas
los aparatos de medir el suelo
la distancia de los astros
el tamaño de las uvas
el sabor de la canela
la edad de algunos
mastodontes infructuosos
no pueden hacer
la distracción
de un ángel.

Mas aun sigue ardiendo
una cabeza en el florero

y huelen a ceniza
las pantuflas
los duendes
y las flores.

Imprevisión

Yo tengo una manera
tan extraña de escupir
en los trenes
de orinarme en las calles
de eyacular rozándome
a un cuerpo de mujer
más etéreo que las nubes...

Soy tan puro como el fuego
y tan sereno como un árbol.

Lo que digo se evapora
entre las llamas de
unos ojos lagrimosos
que apagan mi ventana
al parpadear.

Alegorías y fragmentos

Me distraigo lo mismo
que un monje tibetano
en su silla de ruedas
reparando en cosas
menos necesarias
y ontológicas.

Los monjes adivinan
una mancha contagiosa
en cada piedra

escarban en la luz
sin distraerse
como buscando
alegorías y fragmentos
de tinieblas ordinarias.

Las calles conocidas

Las acacias imprevistas
los geranios tentativos
y las calles más angostas
que un reloj de arena

me destierran del espejo
me alborotan la camisa
con murciélagos tan puros
como un dardo.

Así se desesperan
las acacias
los geranios
y las calles conocidas

con mucho sol deshecho
y poca sombra andante.

Las flores y los dinosaurios no son bellas metáforas

1

Las flores y los dinosaurios
no son bellas metáforas
y además
hacen enojar a mi madre
y violentar las cosas
de otro lugar.

Es peligroso sustentar
la verdad de algo
que no se comprende
del todo
y que muy justamente
puede inducir
a engaños
y a mentiras muy dulces.

2

Las flores
los dinosaurios
y las almohadas
suelen ser un
peligro muy común
para el común
de la gente.

Las flores expelen un vapor
perjudicial que produce
parálisis mental

los dinosaurios enseñan
a los niños a sangrar por
las nariz

las almohadas empeoran
el insomnio
y aceleran la ceguera.

3

Dicen los médicos que la aspirina
produce un humor casi fatal
en las plantas no plantadas
en el aire.

Pero los médicos
se contradicen en todo
hasta en la forma
de poner el palillo
en sus dientes
para comprobar los flujos
del calor bucal.

4

Las flores
y los dinosaurios
y las almohadas
se parecen a los médicos
y a los santos buenos
y a los buenos soldados
y a los hombres
de corte napoleónico
y de mediana cultura.

Se parecen a los trozos
de carbón
que sirven a las nubes
de florero.

5

Los chinos piensan
que las acacias
y los templos controlan
las energías

y que un átomo impreciso
de la lengua de un erizo de Sichuan
amerita cierto exorcismo
por parte de los investigadores
de causas.

Las acacias crecen
en los templos
como arañas

las arañas revitalizan
la salmuera

la salmuera aconseja
el suicidio a los erizos

los erizos exorcizan
todo el mar.

6

Ni los médicos
ni los chinos
ni las cantantes
filipinas
constituyen un
peligro inmediato
para la salvación
del mundo

operan a sus pacientes
con diligencia escabrosa

unas mediante la voz
otros mediante
la ejecución bruta.

Una palabra

Te doy la interrogante
que todos olvidan
la dura interrogante
de lo que no se dice

¿para qué ya más desasosiego?
¿para qué o para cuándo y dónde
asir todo el vacío de una piedra?

Te ofrezco
una palabra desahuciada
por todas las gavetas
que la encierran
por todos los cuchillos
que la hieren

una palabra sin color
más inocente
una palabra donde no
hay espejo

un laberinto dividido
en pasos de hormiguitas
una música de flores
adornando un rascacielos
o algo tan grotesco
como un refresco rojo
de aspirina.

Elegía para un viaje en tren nocturno

Todavía es domingo
y anochece.

Los árboles despiden
a los pájaros cantores
moviendo con furor
sus ramas verdes.

Una llovizna oscura
o transparente
atraviesa los vidrios
del tranvía.

Las luces se amilanan
y se pierden
sofocadas por el frío
y la neblina.

Uñas cortadas

Entre las vívidas cenizas
de un blanco cenicero
uñas cortadas de algún
dios diseminado
por las húmedas paredes
amarillas

colillas de cigarrillo
y uno que otro
fósforo apagado

botellas vacías de cerveza
un disco de los *Beatles*
y pintura para el pelo.

Las cortinas se abren
para mirar hacia el camino
que nos llena el corazón
de intrigas.

Pavor en el país natal

Suena el timbre

Escucho pasos de mujer
ante la puerta
suena el timbre
cuatro veces.

Se alborota la luz
en los almendros.

Un cuerpo tibio y luminoso
se me entrega ardiendo
como un pañuelo blanco
que contiene mariposas
volanderas.

Algo
tal vez mi mano trémula
deshace el nudo del pañuelo
y se escapa una música
de piano.

Las mariposas conciertan
una danza interminable.

El arte de flotar

Afuera está lloviendo
y nuestros cuerpos
sofocados flotan
flotan como globos
rojo y blanco
flotan como un sol
verde en la camisa
flotamos
como globos
blanco y rojo
como un pez que sale
del mar a respirar.

Sangría

Una muchacha medio ebria
me sirve en un vasito
una buena dosis de sangría.

Es mi amiga que ha llegado
este verano a visitar.

Su cuerpo está caliente
y sus labios muy fríos
su lengua demasiado roja
se mete en mis orejas
temblorosa

no sé si el viento
o los ratones
arañan las paredes

pero escucho en todas partes
un sonido de madera ardiendo.

El portón

El portón de la casa
de mis padres
hechiza a los ilustres
camaradas
que nos traen
un papelito
con noticias viejas
del norte.

Es un portón azul
que no se puede abrir
por fuera
sobre el que viene
a posarse un halcón ciego.

Los perros ladran
perturbando la llovizna.

Cuando llega la noche
el halcón desaparece
y dejan de ladrar los perros.

La noche se sumerge
en el silencio humano
colocando su cabeza
en nuestro pecho
como para escuchar
el chirrido del portón
cuando se abre.

Los gallos y las ratas

Ratas de celofán y frío
bajo un techo amorfo
de amarillento celofán.

Fríos muy fríos
los techos y los domos
de los templos

y frías muy frías
las plumas de los gallos
temerosos de las ratas.

Las ratas animosas
que llenan de basura
los rincones

y se hacen pis adentro
del tinaco.

Hipogrifo

Mi madre me trajo de Jamaica
un hipogrifo vivo de medio pie
de altura
fornido como un muro
y refinado en la elocuencia.

Su piel es dura y gruesa
como la de un centauro
muerto.

Cuando duerme sueña
con fantasmas de hipogrifos
vengativos
o con gatos gigantescos
que arruinan la salud
de los espejos.

Sueña con remontarse
a mil ciudades
plantadas en cielos
que no existen.

Al despertar se queda mudo
hasta que se le llama con nombre
de dragón o de culebra.

Los hipogrifos cuando lloran
son sensibles al calor tropical

poco a poco se desgastan
como uvas en el sol
hasta que pierden
su forma natural.

Se reducen a una piel seca
y amarilla
y sus patas se curvan
y se rompen.

Sus plumas se deshacen
con suspiros o sonidos
de trompeta

y sus uñas se clavan en un trozo
de madera sin pintar.

Solamente su cabeza
queda intacta
como una masa sólida
de pan.

El viejo bardo

Escucho al viejo bardo
hablar del mar
como si él fuera
una docena de gaviotas

ríe cada vez que una ola
salpica el arrecife

ríe como los pingüinos
y las focas

babeando y babeando
su cerveza

mordiéndose la lengua
como un espectro cojo.

El ducho pescador de lancurdias

El ducho pescador
de lancurdias
escribe sobre el mar
espuma sobre espuma

danza alrededor
de sí mismo
buscándose la cola
o la cabeza

su alma es un papel
que se ha elevado al cielo.

Allí se encuentra ahora
rodeado de grandeza
como los príncipes
de un reino conocido.

Me ha pedido cartas
para Zeus

cartas muy precisas
en las cuales digo
lo satisfecho que estoy
al verlo en esa
inalcanzable cumbre.

Los niños cabezones

Son hermosos los niños
cabezones
que ríen sin parar de un
montón de piedras
y de patos.

Ríen con afección
asmática
como los bardos
de una élite cobarde.

Me dan risas la risa
de los niños tontos
porque es como
encender la lámpara
del baño.

Que la lámpara del baño
se haya roto sin tocarla
es ya una novedad poética
inconclusa.

El vidente

Camino a solas por la playa
educando un poco mi consciencia
con ríspidos momentos
que me ladran.

Es un día de poco sol
con nubes altas
y colores anaranjados
nunca vistos en este feo
lugar lleno de ratas.

Me regreso a casa
donde me espera
una ansiedad incalculable.

Quisiera suicidarme
en este instante
pero pienso que es extraño
sentir tanto vacío
y no haberme suicidado antes
aquí en este cuarto lleno de
caracoles y recuerdos malos.

Lluvia

El mar está sereno
y no ha llovido ni una gota
en todo el día.

El viento viejo amigo miserable
está empujando su vieja carretilla
llena de caracoles y ciudades.

Las gaviotas se acercan buscando
un angustioso bocado de pan seco.

Los cangrejos se ocultan
entre las rocas
mostrando sus boinas
de papel
y sus pipas de cerezo
que recuerdan a Bretón.

¿Qué dirían los poetas
si pensaran en la lluvia?

Estoy en un país donde me falta el aire

Vivo en el norte
entre gente bien preciada
con ansias de dinero
encorbatada
limpia como un coco
ya comido.

Pienso en lo mucho
que me falta para dar
a esta canción un tono
casi alegre.

A mi alrededor hay poco
que apreciar
pues causa estrago
tanta soledad
y tanta arena

ay tanta arena amasada
masticada y puesta a respirar
mirando al sol saliente.

Mi perro y yo

Mi pobre perro flaco y ordinario
tan flaco y ordinario como yo
me sigue a donde quiera
con tal resolución
olfateando las piedras
y orinando junto a un árbol.

Olfatea las paredes de viejos
edificios
y las llantas agotadas
de automóviles varados
como yo cuando subrayo
lo que leo en libros viejos
que pierden importancia.

La vejez

Es temible muy temible
llegar a viejo pronto
más pronto que la brisa
que va a llegar mañana
con una manta verde
y un abrigo viejo sin color.

Y es que todo lo viejo
causa espanto
e impide respirar.

Todo lo viejo acaba en risas
propias o ajenas.

¿No es necesario concluir
con una frase suave
o vertical
que suene bien

una frase exquisita
y delicada
pulida con una pluma
de pavorreal blanco

o con algo que nos deje
el corazón latiendo
como late una manzana
en agua hirviendo?

Como una fresa fresca

Voy a revisar estas palabras
una vez termine de escribirlas.

Seguramente tache
aquellas partes imbricadas
o aterradas por lo mucho
que salpica la tinta
el mantel nuevo.

O acaso tache inútilmente
lo más tenue
aunque sea puro

puro y delicado y novedoso
como una fresa fresca
con sabor a insecticida.

Consejos a un amigo escritor

Es de mal agüero escribir en el tranvía.
Escribir un mal poema con palabras fuertes.
Es mucho más original y más decente
callar
que embarrar el papel
de tinta de verano
para acabar exhausto
como un hermoso
carricoche a orillas del camino.

Es de mal agüero escribir poemas
en los parques
o en una mesa turbia de un bar
capitalino.

No es aconsejable amigo invertir tiempo
en mamotretos acoplados con agua de café
que demasiados fetos hacen bulto.

No es aconsejable emborronar paredes
de gritos que se escriben en mayúsculas.

No es aconsejable desahogarse ante una estatua
con banderas y ladrillos para que fluya
desde dentro
lo más puro que tenemos.

No es aconsejable en ningún término
mezclar limón con agua de cloaca.

Nada

Hoy quisiera escribir
con dulce tono una
canción sutil llena
de escollos matinales

escribir sin detener
el pulso ni un segundo
escribir a medida
que respiro

para decir que estoy
hastiado de mí mismo
y que mi propia vida
es un infierno.

Hoy quisiera escribir
en vez de sombra y piedra
viníferos salubres que
me ayuden a vivir
con alegría

mas en vano la pluma
va fluyendo
pues no alcanzo a decir
"nada".

Fábula del gnomo dorado

Un pequeño gnomo
de madera
cobró vida
cuando dije unas palabras
inventadas
que ahora no recuerdo.

Me siguió hasta mi casa
sin que yo me diera cuenta.
Cada noche dormía junto a mí
como un cangrejo disfrazado
de paloma.

Mis sabanas cobraron la fragancia
que solamente los gnomos poseen
cuando son jóvenes.

Nadie más que yo
podía ver sus ojos
o su aspecto
era triangular
como un baúl
cerrado
en una inmensa
pirámide dorada.

Pavor en el país natal

Una franela blanca
de mi padre
cerrada por las mangas
es un clóset para echarse
a volar.

Volar volar volar
de mi país natal

y quedar quedar quedar
con mi hermanita
de mi misma edad

llorando de pavor
junto a frías gallinas
en el patio.

Índice

Pavor en el país natal

Antifrecuencia

Antídoto

Uñas cortadas

Pavor en el país natal

Colofón

Esta primera edición de
Pavor en el país natal
de José Alejandro Peña
se terminó de imprimir
en marzo de 2021
en los Estados Unidos
de América bajo la
Colección Géiser
Poesía

www.almava.net
editores@almava.net

www.ingramcontent.com/pod-product-compliance
Lightning Source LLC
La Vergne TN
LVHW051014080826
845145LV00009B/2614